詩集

青の引力

椿美砂子

土曜美術社出版販売

詩集　青の引力＊目次

I

II

カバー画／中川セツ子
題字／長野美鳳

詩集　青の引力

I

言葉

バスのなかで隣り合った人が　何語かわからない言葉で声を掛けてきた　わたしは一瞬　微笑んでから　日本語で　ごめんなさい　と返した　乗車駅のことか　それとも行き先のことか　なにを尋ねてきたかわからないけれど　わたしはそうとしか答えられなかった
その人もただ　にっこりと微笑んで　また何語かわからない言葉をわたしに掛けてから次の駅で降りた　もしかしたら　暑いですねとその人は季節の挨拶をしただけかもしれない
と想いながら　わたしは座席できちんと小さく座り直す　掛けら

れた言葉はあまりに鮮やか過ぎて忘れられなかった
　帰り道　夜の暗がりのなかで　わたしは知らずに落としてしま
った言葉を探していた
拾うのはゼンマイ仕掛けの夢ばかりだった
夢というのは不思議　自分以外の夢はみな
価値のないようにみえる　蝶の標本が落ちていた　これはわたし
が欲しかったもの
地に落ちた油蟬　そしてバスのなかで掛けられた言葉　拾おうと
するとその言葉は風のように逃げてしまった　わたしのなかはも
う夜でいっぱいだった　けれどわたしをおもくするのは夜じゃな
い　バスのなかではあんなに鮮やかな言葉だったのに
　言葉は朝になっても帰っては来なかった

水の声

水をすくうようにただしていく
まぎれもなくそのように
ひすいいろよりすんだその声を
あなたは水の声となづけた
それはそれはわたしのなかで
うすれてはこくなり
わたしはわたしの水の声に
そしてわたしは声をうすめることばかり
めざめてからねむるまで

うすめるために
うすめることだけに

このみをとどける
とどけるのだ
おろかでもいい
わすれられてもいい
すべてがくるいだし
くるいぬけていく
水のなかで
声をとかす
とかしながらねがう
あるひははるのまどろみを
あるひはあきのこもれびを

なにもしらないだろう
しろうともしないだろう
こみいったかんじょうも
あなたのゆびさきで
ふゆのなまえをつけて
わたしのなかでなまえをつけて
水の声というわだちを

ふたつの指先

なぜかふりむくと　しずまりかえっていて　指先はきしみ　あなたのことばじりにふれてしまう　にごさぬようたちさろうと　わずかにふりむくと　いまきたみちはとおのき　どうしようもなくて　すこし　きょりをあけて
　あなたとむきあいながら　しせんははずし
ふうせんのわをえがくよう　ことばのふちだけ　はぎそぎ　すこしずつ　あみこんで　それでも　すこしでも　わたしの残骸をそのなかへ

いいたいことがありすぎて　なにもいえなかったと　あなたは
とうとつに　やさしくいきをふきかけ　わたしはあなたにきづか
れぬよう　そっと　そっとちゅうのまたそのうえへと　ゆっくり
と　やるせないおもいをとばし　あなたも　ふほんいに　指先
で　それをつまんでしまう

こげつかぬよう　さめかけたこどうをあみこんで　そっとからま
ぬよう　ひとつのゆくえへ　からまぬことのない指先ふたつで
ていねいになぞりながら　いつきりはなそうか　しあんしている

なめらかに

なめらかに封印するために
頁を閉じた
そこに隠した暗号は
余白に記憶させた
わたしたちは紙の子だ
開くと浮かび
閉じると畳まれる
そして濃密に
そして厳密に

いまここにあるもの
それは暗号という
記憶するだけの
ト書きと上書き
紙上にダンプカーが奔る
化けの皮が剝がれた化け猫が
重厚に
取り外されていく

なめらかに
叫び
総ては紙上に
刻む
殺される声を

それだけで

それだけでという
言い訳の存在の美しさ
それだけでという言葉の美しさ

それだけで

なくしものが
わからないことはよくあって
右肩だけがそれだけでを探している

あれかもしれないと
右肩が引っ張るので困っていると
左肩が
なくしものをみつけてくれる
右と左は仲が悪く
わたしは重心を失って仕舞う

花束

かかわりあった死んだひとたちが
春を降りてくる
生きるという花束を渡されて
戸惑う

下心であふれた指が　水煙が
この桜桃色の春を　永遠を包む
わたしは若さというものを
手離してから残ったものが

とても愛しい
瘡蓋を剝ぐと春という彼女たちは
風のようにやってくる
雪に埋もれ静まり返った町で
ああ　これはほんとうなのだと
そこにいたという
ささやかな冬の微臭
わたしをなぞる誰かが　いつか
この夢を逆転させるかもしれない

生きるという花束を渡されて
わたしのなかで
止まった時は動きだす
春という弾く瞳も

いつか思い出となるだろう

わたしは多分　なにも
手に入れず出ていくだろう
生きるという時を手離すときは

月曜日の犯罪の美しさよ

わたしは女ですと何枚も葉書を飛ばした
黄色いバスを乗り継いで
襲い女は月曜日にあらわれた
お元気そうでなによりとくすくすと
なにもわからなくなる一瞬
それでもわたしの両手は
体内の卵は守っていた

甘くいい匂いを身に纏い

襲ってくるのは黒服の似合いそうな
深緑の瞳の女だ
森の奥深くで咲いている
百合の匂いが散らばる
肉付きのいいからだを寄せて
やわらかな唇を首筋に這わせながらつつく

そうよ　わたしも女よ
だからなに？　誰かの代わりでもいいのよ
わたしを愛してと
女が耳元で甘く囁く
朝でも夜でもない隙間
どこの森から女は訪れたのだろう
ニュータウンの森から来たというけれど

月曜日の犯罪の美しさよ

散々唇だけを揺らされて
脳がとろけ
怒りさえ疎らに剝がれていく
女は細かな水滴を掬うように
両手で直しながら
わぉ　うぶねぇとふふと
子宮に手を重ねると
わたしの体内の卵を先の尖ったスプーンで
剝ぎ取った

緑色のバスが通り過ぎる

振り返りざま
わたしじゃ駄目なの？　と
口を尖らした眼光さえ痛くてみえない
待ってそれは育たないわ
もはや声は届かない
待ってそれは廃バスだから

女は濃紺のバスに乗って
曲がりくねった道に行ったところで
青いバレンタインが揺れ
爆発音がして燻る強い
まきかえす強風に飛ばされていく

卵は火球となり火花と化した

赤い火玉白い火玉
宙に浮かぶ
月曜日の犯罪の美しさよ
こんなの愛みたいじゃないか
人々の叫びのなか
その日はその日だったのだ
卵を奪われかろうじて免れて
わたしは卵子を失った
こうやって誰かが
わたしのかわりに死んでいくのだよ
コールタールの水彩色のなかで
襲い女に愛してると答えたかった
点滅する月曜日の犯罪

火曜日には郵便受けに
宛所不明が積もり
葉書の忘れていた感情が迫って来ては
宛名が一文字ずつひとつずつ
ほら一文字ずつほら
薔薇色の火玉となり
森へ飛びたっていく
こんな風に誰かの命と引き換えに
わたしは生きているのだよ
命乞いする日々を

女友達って
何処に売っていますか
どなたか教えてください

名前を探す

夫が愛が足りないというので
愛を探しにジオラマの町に買い物に行く
擦り切れるほど眺めた世界地図もリュックに入れる

真昼色のドアは閉めると
水辺の植物が揺れ
夜と言う名前の開幕だ
始まりがあると言うことは終わりがあるはずなのにどこまでもせせ
　らいでいく

先の事はわからないからね　生きているからねと夫がいう
ノスタルジアとかメランコリーとは縁遠い星屑の単位で　夫は愛が
　足りないと血腥いことばかりいう
私は毎日　献立を考え　特売の食品を買いにマーケットに行く
カマンベールチーズを手に取り
贅沢贅沢と棚に戻す
愛が足りないという夫はお肉が好きだから今日は生姜焼きにしよう

誰かといるといつも傷つくのは何故だろう

深呼吸すると　昼と夜が交差する夕方が歪み
惣菜売り場の油臭さに
眩暈を覚え　果物売り場では　袋詰めの伊予柑を買う

橙色の皮を剥くと部屋中に
柑橘のいい匂いがして
愛が溢れていく　愛はこれくらいのおおきさがいい　私はどんな
今日にも愛をみつけられた

おはよう世界

おはようと
午前五時の暗闇に
視線を落とすと
無数の指が伸びてくる

昨日を食い散らかしたままのテーブルに
沢山の手は並んでいる

これは一昨年亡くなった

義母の指先だ
ちょっと太くて
いつもしていた
大きなトパーズの指輪が鈍くひかる

小さく伸びてきた細い指に
そっと触れると
小指を絡ませてきた

そんなとこに隠れていたんだね
両手を組み
首を傾げ頷く
見覚えのある仕草

五歳の指先には
まださかむけもない
そんなに爪を短く噛んで
困ったね
皺もまだないね
ごめんね
まだ爪を噛む癖は
治ってないんだ
もう遅いかもしれないけど
ほんとうに心から
あなたが大切だった
ごめんね
六月の木漏れ日のなかを

いつも駆けていた
ミューズ石鹸の匂い

ゆっくりこっちにおいでと言ったのに
わたしのうちに
五歳のわたしが滑りこんだ
抱き締めると
懐かしい生の重さ

あああの日の
あなたの世界はまだ明るいんだ
よく生まれてきたね

珈琲の香りが立ち込め

テーブルのひかりが消えていく
朝がぼんやり目覚めて
両手を組みながら
頷きながら
わたしに言うんだ

おはよう世界

白い血液

わたしの死に立ち
わたしは準備をしている
逃げ切れそうにない
両手で乳房を縁取る
黒焦げにしないでほしい
生まれかわれるのなら
白い血液に決めている
輪廻など実は弾いて
これっぽっちも信じていないけれど

白い血液になら
生まれかわれるならば

左の乳房はあの日
生まれなかった赤子にふくませる
あの夜明けのただしい産室で伏せながら
左乳を唇に添えた
あの死んだ赤子に
既に死んだ女が
含ませるのなら許されるだろう
凍りつく森の翠にそっと
たわわな乳房をふくませるのを
許してほしい
時間軸は多分に

愚かに漏れる
撥ねられた
狂い死にしたあの男の最期の
刃物に代わるかもしれない

左の乳房は
果たせなかった異国の
蒸れた青草の
戦士に淫らにさしだそう
その美しい人生に
いま生きているこの胸が
深々疼く
時間軸は存在しないのなら
その螺子に巻く

その人生を瀕死のまま欲しいままに
手を伸ばすままには
どんなに恐ろしいことか
何度も幾度も襲われた
オーガンジーの愛という包み
それは魂の抱擁だ
それは少女のような眼差しで
この愛をあの愛にその愛も愛だろう
白い血液は
薄青の夢に縋り踊る

ぜんぶ差しあげましょう
ぜんぶ欲しいのでしょう
途轍もなく美しいでしょう

白い乳房を揺らしながら
白い雨となる
それをそそぐその泉から湧く潮騒よ

生きていない断片たちよ
生きていない種子たちよ
密かな皮膚になる
美しい液体に生まれかわるのだよ
その乳房が白い乳房が
不安なままがきもちいい
また生まれおいで
何度も何度も
生まれておいで
白い血液よ

その乳房の葉脈に揉みながら
この世界の多角に
むしゃぶりついてほしい
このわたしの乳房に

六月という事件

あなたの生まれた六月がまわる
日々の渦巻きのなかに　六月のなかの比較
六がどんなに美しい数字か知っている
掌に六をのせて
吐息をかけてごらん
女の肌はやわらかい
ころころと独楽みたいにまわるんだ

あなたのかけてきたもの　ひいてきたもの

それは六月という事件
燃えた六月が霞む
殺してくれてもいいのよ
夢のなかでもそのそとでも
美しく跳べるから
あの日　わたしに火をつけた人は
逃げられたのだろうか
みどりの血脈に独楽はまわる
なにもなかったことになら何度でもできた
六月の階段で
ジャックダニエルをロックで口づけをした　氷が溶ける瞬間まで
わたしたちは数式の答えを計算する
わたしはわるかかり　あなたはかけるかかり
数字と数字が口づけをする

それはかなしみとかなしみになり
棄てるはずのものたち
あなたが氷をまたいれてる
六月がまわる　夜がまわる

六個の星屑だけでも満ちれる
わたしはあなたのうちがわで
ただ続けることの愛おしさ
白紙の漂いに数に記す
畜生また来る　あなたは苦味をいう
こんなことが
みうしなうこと　それでいい
それは正体しか聞こえないのなら

終点の途上

終点で医者がいう
白衣の袖には新しい血液の染みがある
新しい血はここではいらない血だ
わたしの前は堕胎手術をしたらしい
看護師がかちゃかちゃと
器具を片付ける音がする
この建物の土地は墓地だったらしい
ここは色んな人が来る
間違えたのよと

怒りを含んだ声で
桃色のワンピースを着た人が
ホルモン注射を打っていた
綺麗な綺麗な長い髪の男がかきあげてる
ここは色んな人が泣いている
待合室にはオルゴールの音楽が薬害だ
震えていることには慣れている
　職場の同僚と鉢合わせた時はお互いに気づかない振りをして目
　　をあわせなかった
ここは色んな人が来る
たくさんの命を葬る
たくさんの命が葬られる
授かった命を喜ぶ人は来ない待合室で
魂が浮かんでいるのを

どれくらい気づくのだろう
　愛してるよ
まだ若い男がまだ若い女の髪を
撫でながらいう
愛してるならこんなところに来ないだろう
あの大きないっぱい車を停められるところに
行くのだろう
嬉しそうに幸せそうに満ちたように

椿さん
これを持って大きな病院に行ってと
血痕のついた白衣の袖を摑みながら
紹介状を渡された
瞬きをすると指先にも染みはあった

なるべく早く行ってね

目の覚めるようなひかりを
駅迄のみちのりを泳ぐ
風がらっぱを吹き
雨が太鼓を叩く
カルテを書きながら
背を向けていわれる
大丈夫ですか?
　死ぬのは好きです
答えたのはわたし
海に放り込まれたのだ
番号札を持ったまま
逢魔が時に迷い込んだ

ひかりがわたしのうちがわから
こぼれ落ちているのを
誰かに伝えなくてはならない

Ⅱ

水色の地球

わたしが生まれたとき
母はちいさな箱をあつらえた
父はちいさな本棚を拵え
そこでわたしは育てられた

わたしは五歳になると
水色を集めだした
風が吹くと飛ばされそうなもの
わたしが人差し指で

指差しすると父は
必死に手で押さえ捕まえて
大丈夫だといった
本棚にはモンゴメリが並び
左端には『綿の国星』
家のまえの公園でひろった
捨て猫も箱に入れた
黒猫だけど水色の目玉をしていた
なので水色はどんどん増えていく
わたしが公園から
どんどん持ち帰るからだ
意地悪した男の子の
水色の靴下も
誰かの齧りかけの

水色のアイシングのクッキーやら
どんどん箱に入れていく

母は新しい箱を
もうひとつ作ろうといった
父は水色のまた本棚を作り出した
捨てないので
どんどん増えていく
父と母は
あたたかい紅茶を飲みながら
本棚を作る

わたしの子供たちを連れて
たまに覗きにいくと

父も母も
大人になったわたしは
よそものらしい

きょうは
わたしが箱でさっきまでは
お昼寝をしていたが
また公園にいってるという
もうすぐ帰ってくるからと
ピーターラビットのこぶりの紅茶茶碗に
母が紅茶をそそぎ
駄目だよ　それはと父が
お客様用のティーカップをだし
そそぎ替える

どんどん集めてると
母がいいながら
水色のギンガムに
刺繡を刺している
わたしのレッスンバッグらしい
そろそろ帰ってくるねと
父は階段をあがった
覗きにいくと
父が水色の本棚から
世界地図を広げ
箱の蓋を開け
こんなものまで入れてと
これは地球だなと

水色の目玉を摘みながら
そろそろ帰って来るかなと
父も二階の窓から
公園をみおろし
水色のわたしを探してる

向日葵の小道

彼方の熱に浮かされて
てくてく歩いていた
夏はいつも
麦藁帽子を
深く深く被り
からの虫籠を
斜めがけにして
光る形のないものを
探していた

曲がりくねった向日葵の小道をいくと

ピアノのレッスンバッグを
左手に持った母が
たっていて
　どこにいってたの
窮屈な教室に連れていく
フラットを弾き忘れた夏は
いつもより暑かった

虫籠に詰めた
たくさんの蟬の抜け殻が
走るたびに

乾いた音をたてた

いつもより上手に
弾けた黄色のバイエル
帯のところに
なぞり書きした
眼鏡をかけた男の子の名前
袖無しのワンピースの胸に
貝殻のブローチをつけて
儚い夏のしずくを拾いに
誰もいない原っぱに向かった
項垂れた向日葵の小道で
空缶をぽんと蹴ると
体裁を整えて

待ち遠しかった夏が通り過ぎた

十一歳のノオト

十一歳だった
あの夏
空はどこまでも澄み渡り
街の風は
行き先もわからないほど
ほそながく舗装道路のように続いていた

さっき憶えたばかりのモーツァルトを
膝のうえに爪弾いて

頭のなかで音符を鳴らしてみる
スコアを読むのがすきだった
夏休みの終わり
自転車に乗りどこまでいけるか
世田谷通りをまっすぐに走ってみる

ポケットのなかの銀貨を指先で弾きながら
青い青い空の下を
まっすぐに走ってみる
すこし離れたグラウンドで光化学スモッグ注意報が流れ
いつもなら息を潜め家路に急ぐのだけれど
まっすぐに走っていく

からだのなかをさっき憶えたばかりの
セレナータノットゥルナが鳴り響く
きしむ風景をとめると終着点は人溢れる渋谷
一瞬　音が途絶える

ながれる汗をふき　アスファルトのうえにしゃがみこみ
サイダーを飲み干すと
風景が動きだす

夏休み帳の最後のペイジ
間違った風景はひとつもない
そう書き記すと
夏がノオトのなかにゆっくりと沈んでいった

眠りの海

ここ数年
海をみていない
抱き締めてほしいと
言葉にしたとき
鏡という夢のなかで
硝子の破片が怪しく光る海を感じていた

泥臭い熱さのむこう
体の脈動のリズムと

波が刻むリズムが
妙に波長をあわすときがある
そんな憔悴している夜に限り
海の底に横たわっているという
不思議な夢をみる

人の意志だけが
溶けこんだ色をしている
それは命などとうになく
役目を果たし
恍惚となりながら
老い朽ちた近い将来の
わたしの色だと気づく
優しい潮騒は足もとから

彼方へとひろがり
ゆっくりと　ゆっくりと
体を包み込み抱き締めてくれる

海という超越した
ただの色彩のない
おそれのない世界に
やっと辿り着いたと
わたしは安堵して
深い深い眠りに潜る

切ない即興音楽のような夢をみている

青の引力

死んでみろ
　　青が逸れていく
死んでいけ

ぶんぶん五月蠅いわたしを
蜜蜂は刺す
始まりはいつも
蜂蜜を入れた熱い紅茶

そこから宙吊りを味わえ

わたしは他者でもなく
ましてわたしでもなく
わたしという形容詞

死んでみろ

死んでいけ

　　　　　　　　青は逸れていく

なにもかも死んでみろ
どれもこれも死んでいけ

他者の死は青い

もう売るものすら
ない
幾重にも透明が重なり
青の引力

青の断片

散りばめられた青の断片を神様に届けにいく
溢さないよう溢れないよう　森の洞窟でもうずっと眠りの海には
沈めないいと神様はいう　森は底なしだからね　薄い青だねと手に
うけ取ると神様はいってから　でも僕には綺麗にみえるといっ
た　もうそれだけで充分だった

わたしには空耳か幻聴かわからない
よしっ聴こえる
よし　なんていう人いない

森を行く話はお終いね
と神様がいった
神様は大馬鹿ね
といったら
神様はよし　それで？
といった
信じるものは救われる話はどうなったの？
ときくと
それが？　と神様はいう
神様は神様ではなく
神様は神様のふりをした神様なのだ
神様に向かって生きてるし
それでも信じてる
といったら神様は

よしといった
神様は美しい形をしてわたしを
こんなふうに包む
生きてるのかいいねえ
と神様がいってから
僕は生きてないから
といった

わたしは鴉だ

鴉よ
殺されたら殺し返せ
死んだ身体死んだ魂で
返せ
気がふれるほど
追い詰めてやれ

魂まで辿り着くまで
幽霊になるのは
それからだ
地獄に堕ちたって
いいじゃないか
詩だけを信じろ
おまえには詩がある
詩があればいいじゃないか
だから詩を書け
いいから書け
死んでから飛べ

蒼い色の旗

わたしの痩せた骨に
撒かれた種が発芽して疼き
目覚めるとどこかにいたわたしが現れてそっとわたしに忍び込む
冬に拵えた瘡蓋を剝がすと
その芽は春の甘い蜜の匂いがした

あのね　ばばちゃん　と
にって芙美に笑いかけられてわたしの命は安物だからすぐ幸せに
なれる

彗星が近づく夏の闇　体内にひたひたと満たされていく　空の色たち　果たせない約束は枯れ草の匂いがした　いつまで私でいられるのだろう　この日々を歌いたい　胸が痛い程に
地獄のような暑さの今夏に　言葉の蒼い色の旗を振る

あのね　ばばちゃん
人は死んだらどこに行くの？
五歳の芙美がぽんと投げかける
生まれ変わるのよと適当に
ポインセチアに水やりをしながら答える
大人の嘘で子どもの世界は救われているのかもしれない
幼い頃は苦し紛れの嘘でいつも逃げていた　もう今は嘘をつかなくても世界はそれなりに優しいしどんなに人に心を軽々と渡られ

ても平気だ　あの頃やりたくないことやどうでもいいことが生き
甲斐になった　容赦なく迷惑がられただの雑音だと嫌がられても
旗を振り続ける

置いてきぼりの秋の真昼には現実がふわっと揺らぐ
どうして想いは言葉に届かないのだろう　遠くに行きたいねっ
て　一緒に家出しちゃおうよって　同僚の祥子ちゃんと誘いあ
う　こんなどうでもいい感じの真昼の食堂でどうでもいいことを
どうでもいい温度で笑いあえるのがいい　絶対遠くには行けない
のに　それなのにこの世界の隅っこは　目を凝らすと輝いている
人は煌めきに集まる美しい生物だ
わたしは小さな塵をたてたい　この右手の蒼い色の旗で

真綿のような雪が音もなく降る朝には息を潜めていても不意に稲

妻が落ち胸ぐらを摑まれる　赤黒い化けものが訪れるのだ
蟠りを晴らす為に　綺麗事を並べ欠片で刺してくる
わたしを悪者にしたいのだ　事実などむしろ見たくないのだ
ドライアイスのペンチで骨まで砕かれる　帰る場所がないと言う
冷たいのに火傷をする　わたしはこんな風に他人と比べて自分を
思い知るのだ　滅茶苦茶にされた蒼い色の旗を持つ手がじくじく
と薄い層を重ね瘡蓋になるのはまた春だろう　冬の朝はそれはそ
れは痛くてとても寒くて挫けそうになる　人生は美しいはずと膝
を抱え群青の夜空を見上げる　空に向かってやっと旗を振る　星
屑が落ちて来て欲しい　それがわたしの元へ間違って落ちて来て
欲しい

あふれだした四季の蒼い細部はひたひたと満ちていき溺れそうに
しばしなる　いつまで私でいられるのだろう　少しずつ歳を重ね

蒼い色の旗は傷み斑模様だ　蒼い色が枯れていく　蒼い色が朽ちていく　もうわたしは生きちゃっただけの人だ　土に還るその日まで旗を振りたいのだ　報われなくともいい　わたしのように旗を振りたいのだ　なにも残せないのだから
世界は本当はそんなに優しくない
生まれ変わることなんてできない　もうとっくに知っていた　探しに行く自分なんて此処にしか居ない
消えていく時に無様に今も蒼い色の旗を振る

空が海にみえた日

ジョエル・マイヤーウィッツの
フォトグラフのような空がいつも
おさないわたしを抱き締めてくれた

いつかきた道の手前で
懐かしい詩が泳いでいる
父がわたしを膝に乗せて
なんども読み聞かせてくれた
俊太郎のかなしみ

わたしはまだちいさくて
父の膝という座り心地のいい椅子が
たったひとつの特等席だった

ムンクの叫びをみたときも
野良犬に追いかけられたときも
わたしはまだこどもだった

なにひとつかわっていなくて
なにひとつおなじ情景はない
空はそこでただ両手をひろげていた
母に咎められた言い訳も
いまなら顔色ひとつかえず
上手く逃れられるだろう

本棚に押し込める画集もない

わたしの宏遠で青い空が
いつから蒼い空に
すがたをかえたのだろう
空にむかって深呼吸したとき
おさないわたしには
空は海にみえた
わたしはなにを落としてきたのだろう
あの波の音の聞こえるあたりに

わたしはもうちいさくなくて
父はもうわたしの空じゃない

わたしの森まだ雑木林

森をつくろう　両手を伸ばした幅からの森の計画
一日一本植える　柘榴の苗木を
わたしの町では柘榴は盗む　もぐ盗むの
ぼくの生まれた街の柘榴は高級品でございまする
たまに来る鴉は歯磨きが嫌いらしいが
告げ口は的を得てる
夜の悪いこと　こっそりとあいつらを埋める
落とし穴でしとめてとっ捕まえて
雑なあいつらの養分ごと埋めてしまう　深くただ深くね

あいつらインテリ蝙蝠なのにあちこち告げ口をするから
埋めるのとわたしがいうとそういうことするんだ
鴉はにやり　枇杷の木も植えよう　鴉にも指図される
ここは果樹園？　それとも墓地かい？
鴉はまた告げ口に来る
ごそごそ土のなかであいつら逃げる算段をしてるよ
洗い物をしてるわたしに世間知らずだなぁ
洗い方が雑だなぁ
洗い物はコップではなくわたしの手を綺麗にする
ある意味可愛いなぁ　きみもあいつらも　たしかに
たしかに夏の深くに埋めたはずの
あいつらの魂だけがするする逃げてしまい
空蟬の継ぎはぎの抜け殻が臭う
鴉がまたいう　埋め方がね　鴉はまた濃密にいう

ふつうだなぁ　誰も覚えてないよ
きみに埋められてもさ
だから濃く風が吹く
オレンヂの花に囲まれて鴉と土を押さえるように
ディスコダンスを踊った
たった一回だけだけどスティン・アライヴ三拍子　それで
いい　あの瞬間たしかにわたしたちはふつうだった
柘榴のたわわな幹の下で　嫌らしい大人のあいつら
ざわざわ　のそりと濃く風は吹く
かいがらむしはいつだって狙っている
わたしの森まだ雑木林
逃げていいのだよ　どんどん埋めるから
ゆるさないでいて
十年後ただしくガーネットの実を盗みに仕返しに来て

わたしを狂わせた魂たちよ
でもたまに怖くなる
どんどん来るよ　ほら来たことのない季節が

長岡駅発十八時四十二分

絶え間なく雪が降ると
わたしのなかに
満ちていくつめたさがある
それは昨晩刻んだ人参の切れ端だったり

長岡駅四番線プラットフォーム
ポケットに凍えた指で
くしゃくしゃしたチョコレートの
包み紙を握り潰す

混んだ車両の隅っこに
一人分の座席をみつけて安堵する

満ちてあふれそうになる

隣席の欠伸だったり
こんなものすらわたしのなかに
積もっていくのだから
わたしはやっぱり空っぽなのだと
がたんごとんと
鈍行電車でただ揺れる

曇った車窓からみえる純白が

薄暗い夕方をごちゃまぜにする
これが雪灯
俯くと加茂駅近くで
わたしは夜の世界にひき込まれていく

加茂駅に到着します
放送がながれても
降りる駅は程遠く
スマートフォンの画面を
ぷちぷちを潰すようにとんとんたたく

きのうみた夢はいつまでも
辿りつけない夢のまま

行きたい場所もないし
降りたい駅もないし
ただ三月の雪の重さが
深くからだに積もり身動きできない

それでも
きのう刻んだセロリのかけらが
ぐつぐつ熱く煮えていくような
衝動もある

冬の終わり　春のくたくたした匂い

ずっとずっと豪雪の夕方も
青みどりの夏も

電車に揺られ揺られ
なにも残せないままで
たまに湧きあがる
あかいあかい耳鳴りのような
ざわざわに
生きていたいのだとほっとする

甘白練乳

神様がいるよというと母は苺にいっぱい練乳をかけてくれた　モノクロの日々のなか　練乳の甘白がとろりと　心の宿題をひろげると神様がいう　自分を守る為に眩しく微笑みなさいと頬を撫でる　絵空事の水を抱く　神様のくれるものはいつもいい加減なものだった　それをここに詰めていく　今も宿題をする　だれも目にとめない人生に　この練乳の曲線美に揺らしながら苺を食べる　その報われなさに体を揺らしながら　これでもか　これでもと　名前を呼ばれるその日まで　神様と捧げあう　ながれを掌にのせて　あれはきっと私　揺らす　ここで　悪意はまっすぐに来

る　人知を越えた場所に　いつかぎらぎらするの　いつか煙にな
り炭素になるために
ひたひたの練乳をスプーンですくうと神様はあらわれる　ちょっ
と待って　この苺が食べ終わってから　ちょっと待って神様　神
様は本気で嘘をつくからいつも敵わない　待つよと神様はいいか
けて　神様の待つよは結構いい感嘆符だ
そこもそこも底もぎらぎらしてるもの　人造人間神様お願い　禁
じられた遊びのように
うさぎはさみしいと死んじゃうんだよとだからバツ五なんだと神
様はいった　神様は兎年らしい　鎖骨に流星群が流れる　いつ生
まれかわるのだろう
だからバツ五？　いやぁ　これでバツ六だ　この前の女にはバツ
三ってちとさば読んだけどバレたからめちゃくちゃにしてばらば
らにしてさ　でもあいつは何も失わなかった

やっぱり神様の仕業だ　神様を冬眠させたい　魂の約束も刻の輝きも　白く濁った水の抱擁に震え　水を抱くことはできないだろう　たぶん　きっと　ずっと
待たせたねと神様は名前を呼んだ　きみを死守するよ　多分　あの日あの場所で母のそばで別れ方が雑だったから　また来たに違いない　神様は逆恨みが怖いらしい　ふざけんなよ神様と私がお決まりの捨て台詞をいう
私の力でといいかけて神様の指先にふれたら
神様の指先から流れる血は青かった　黒色がところどころに混じっていてバッドルッキングだ　ああ神様ごめんなさい　神様はバツ六になりたいらしいけど　逃げ続けるんだ　どこかに

プロローグ

朝ご飯を作り　猫達に子犬に餌と水をやり
植木鉢にも水やり
珈琲メーカーから熱い珈琲をマグに注ぐ
身支度を終え通勤電車に乗る
北五泉駅七時四十五分
いつもの顔ぶれ
似合っているよそのコート
この駅で見かけるだけで
何処か違う場所で見かけても

気づかない人達だらけだ
春はとうぶん来ない
無人駅には
夏の終わりに紫陽花がゆっくり花終える
まったく夏が終わると冬が急ぎ足で来る
単線のこの駅にまだ冬は始まったばかりだ　イヤフォンをしてる
　学生は
どんな音楽を聴いているのだろう
頭の上に真綿の旋律は弾ける

一時間二十分　通勤電車に乗る
長岡駅に着くと
アイスミルク色の雪景色
雑音さえ吸い込まれる

その光景に胸を躍らせたのは
嫁いだ最初の一年だけ
雪の重さが心にも身体にものしかかる
通年吹雪の坂道を登っているようだ
昨年は暖冬だったよねえ
頑張ってもどうにもならない事だらけだ
仕事前に制服に着替える
郵便局の窓口のおばちゃんは
おおきな声で
いらっしゃいませ声を張り上げる
ありがとうございました
こんな雪の中ありがとうございますと
声を掛ける

休日には朝から眠るまで
おばちゃんは家事以外は
小さなスマートフォンの画面で
海外ドラマを観る
おばちゃんのきらきら世界は
小さな画面の中だけだ
ホームセンターで買った数種類の
入浴剤の中から一つ選び
ふわっと落とし
バスタブに手足を伸ばすと
亡くなった義母が
わたしの手を取り笑いこける
からからと笑う人だった
からからと夜風も古い家に流れる

隙間風に埃臭いひなたの匂いがする
こんなに静粛に時は過ぎていくのに
どうして
どこまで締め付けられるのだろう
とりあえずこのまま走っておけ
エピローグまで

いらっしゃいませとおおきな声で

著者略歴

椿美砂子（つばき・みさこ）

1960年生まれ

詩誌「ぽうろ」同人
詩集『青売り』（土曜美術社出版販売　2021年）

東京都世田谷区出身　新潟県五泉市在住

詩集　**青《あお》の引力《いんりょく》**

発行　二〇二三年九月二十三日

著者　椿美砂子
装丁　直井和夫
発行者　高木祐子
発行所　土曜美術社出版販売
〒162-0813　東京都新宿区東五軒町三―一〇
電話　〇三―五二二九―〇七三〇
FAX　〇三―五二二九―〇七三二
振替　〇〇一六〇―九―七五六九〇九
印刷・製本　モリモト印刷
ISBN978-4-8120-2806-3　C0092